Dans la même collection :

- Le cirque
- La maison hantée
- Gorga, le monstre de l'espace
- Un robot bien à toi

UN ROBOT BIEN À TOI

R.A. MONTGOMERY

ILLUSTRATIONS : PAUL GRANGER

TRADUIT DE L'ANGLAIS PAR
MARIE-ANDRÉE CLERMONT

 Héritage jeunesse

Dépôts légaux : 3e trimestre 1985
Bibliothèque nationale du Québec
Bibliothèque nationale du Canada

ISBN : 2-7625-4379-7   Imprimé au Canada

LES ÉDITIONS HÉRITAGE INC.
300, Arran, Saint-Lambert, Québec J4R 1K5
(514) 672-6710

À LIRE AVANT
DE RENCONTRER TON ROBOT

La plupart des livres racontent l'histoire des autres.

Celui-ci raconte ton histoire à toi — et celle de ton robot !

Les décisions que tu prendras vous conduiront tous les deux dans les aventures les plus farfelues. Peut-être vous envolerez-vous dans le ciel. Peut-être emmèneras-tu ton robot à l'école. Tu nageras même dans de la crème glacée si tu en as envie. Et c'est toi qui donneras un nom à ton nouvel ami.

Ne le lis pas d'une couverture à l'autre, non !

Bien sûr, tu commences à la page 1 et tu parcours les quelques premiers paragraphes, mais dès qu'on t'offre des options, décide de ce qui te tente et saute à la page indiquée pour voir ce qui va se passer.

À la fin d'une histoire, reviens en arrière et fais un autre choix. Chaque décision ouvre la porte à une aventure palpitante.

Et maintenant, bien du plaisir avec ton robot !

Tout le monde souhaite avoir un robot. **1**
Mais, comme les robots sont très difficiles à construire, et qu'ils coûtent très cher, bien peu de personnes peuvent réaliser ce rêve.

Mais toi, quelle chance, tu es de celles-là ! Et voici comment tu rencontres ton robot :

Ton père et ta mère, qui sont des scientifiques, travaillent avec des robots tous les jours. Il leur arrive même d'en fabriquer.

Un jour, ils en construisent un qui semble faire tout de travers.

— Pas moyen de le réparer, déclare ton père après plusieurs essais.

Il le lance donc à la poubelle.

— Pauvre robot, dis-tu, maman et papa ne t'ont pas donné la chance de faire tes preuves. Mais moi, je pense que je peux te rafistoler. Depuis le temps que je regarde mes parents travailler !

Passe à la page 2.

2   Tu sors un marteau, quelques clous, du fil métallique, des écrous et des boulons. Puis tu te mets à l'oeuvre. Bing, bang ! Dévisse ceci, revisse cela. Toute la journée y passe. Le robot se transforme à vue d'oeil.

— Tu as si belle allure, le complimentes-tu enfin, que je vais te donner un nom. Je vais t'appeler_____.

Tu es tellement contente que tu as envie de mettre ton robot en marche.

— Je n'ai pas tout à fait fini de te retaper, lui expliques-tu. Quelques couches de peinture ne te feraient pas de tort. Mais j'ai vraiment hâte de voir ce que tu sais faire.

Ton robot devrait fonctionner tout aussi bien sans peinture, n'est-ce pas ?

Si tu mets le robot en marche tout de suite,
passe à la page 5.

Si tu décides de le peinturer,
saute à la page 6.

Tu mets ton robot en marche. CLIC ! Il se **5** lève debout ! Quelle grandeur, vraiment ! Il se met à clignoter de ses lumières rouges et bleues, et ses yeux lancent des éclairs jaunes.

— BLOUPPE-DE-BIPPE ! fait-il en te tendant les bras. BLIPPE-DOU-DIPPE. JE SUIS TOUT À TOI.

— Formidable ! t'exclames-tu. Et maintenant, je vais allumer ton ordinateur.

— BIPPE ! BUZZ !

— Ça marche ! te réjouis-tu. J'ai réussi à le réparer !

Tu remarques alors sur le côté du robot un cadran comportant des nombres de 1 à 100. Une inscription indique : *Place l'aiguille sur ton âge.* Tu obéis.

— BLIPPE ! nasille ton robot, MAINTENANT, JE PEUX T'ENTRAÎNER DANS UNE AVENTURE FAITE SUR MESURE POUR TOI.

Mais tu hésites à te lancer si vite à l'aventure. Après tout, jamais encore tu n'as manipulé un robot toute seule.

Si tu demandes d'abord à tes parents comment le faire fonctionner, saute à la page 9.

Si tu te sers de ton robot tout de suite, saute à la page 10.

6 Tu décides de peinturer ton robot avant tout. Tu le vaporises donc d'une belle laque argentée qui le rend tout brillant. Voilà ! Tu peux maintenant le mettre en marche. CLIC !

— GLIPPE ! BIPPE ! (Voilà ses premiers mots !) JE SUIS SI CONTENT DE FONCTIONNER ! METS-MOI AU TRAVAIL ET TU VAS VOIR TOUT CE QUE JE SAIS FAIRE !

— Tu peux être sûr ! lui réponds-tu.

— MAIS TOUT D'ABORD, RAJOUTE-MOI DONC UN PETIT PEU DE PEINTURE SUR LE DOS, demande-t-il.

— D'accord, dis-tu en le vaporisant abondamment.

— MIPPE ! ÇA CHATOUILLE ! crie-t-il **7**
en riant si fort qu'il tombe sur le derrière et se
roule dans la boue.

— Oh non ! grognes-tu, il va te falloir un
grand nettoyage, maintenant !

— NOPPE ! NIPPE ! te rassure le robot.
JE FONCTIONNE TOUT AUSSI BIEN
QUAND JE SUIS SALE.

Sans doute, mais ce qu'il a l'air *malpropre* !

Si tu nettoies ton robot, saute à la page 14.

Si tu le laisses tout plein de boue,
saute à la page 16.

Tu demandes à tes parents comment ma- **9**
nipuler ton robot. Ils t'apprennent les secrets
de toutes ses manettes et de tous ses boutons.

— Amuse-toi bien ! te dit ta mère.

— Mais fais attention, te prévient ton
père. Certaines commandes peuvent être
défectueuses.

Puis ils partent faire des courses.

— Je pense que je vais appuyer sur le
bouton CHANT, décides-tu.

— WOUCHE ! WOUCHE !

Ton robot commence à produire de la vapeur.

— C'est pas ça que je t'ai demandé, cries-
tu, CHANTE !

Mais rien à faire ! De véritables nuages de
vapeur s'élèvent maintenant de ton robot.
Va-t-il décoller comme une fusée ? Oui !

Que faire maintenant ? Devrais-tu sauter
sur lui ou appeler les pompiers à son secours ?

Si tu sautes sur ton robot, passe à la page 19.

Si tu appelles les pompiers,
saute à la page 20.

Tu as tellement hâte de te servir de ton robot que tu l'emmènes tout de suite dehors pour le montrer à tes copains.

— Je vous présente mon robot_____
_____ C'est moi-même qui l'ai rafistolé !

— Montre-nous ce qu'il sait faire, exigent.
tes amis.

Tu appuies sur le bouton SAUT. Ton robot s'élance très haut.

Tourne la page.

12   — Maintenant, ARRÊTE ! cries-tu.

Mais le robot continue comme si de rien n'était.

— Reviens ! lui ordonnes-tu en le pourchassant.

Le voilà qui bondit à l'intérieur d'une crèmerie. Sautant toujours, il aboutit dans une *immense* cuve de crème glacée aux fraises !

— GLOUPPE ! se lamente-t-il. JE NE SUIS PAS PROGRAMMÉ POUR LA NATATION.

Toi, bien sûr, tu sais nager. Mais cette crème glacée a l'air tellement froide et épaisse que tu crains de t'y enfoncer... à jamais !

Si tu appelles à l'aide, saute à la page 22.

Si tu plonges dans la cuve au secours de ton robot, saute à la page 24.

14   Un bon jet de tuyau d'arrosage débarrasse ton robot de sa saleté. Il brille bientôt comme un sou neuf.

— Je vais maintenant appuyer sur le bouton COURSE, lui annonces-tu.

À peine as-tu mis le doigt dessus que ton robot part en flèche.

— Fantastique ! jubiles-tu en pressant aussitôt le bouton d'arrêt pour l'empêcher d'aller trop loin. Dis donc, peut-être t'envolerais-tu comme un avion si je te laissais courir assez vite ! Évidemment, ce serait sans doute risqué, puisque je ne sais pas piloter.

— D'autant plus qu'il y a tant de choses à

faire ici même, dans le jardin. Tiens, si nous construisions un fort ? Ce serait très amusant, tu sais.

Mais tu te demandes toujours si ton robot pourrait s'envoler. Pourquoi ne pas essayer après tout ? Ou serait-ce plus sage de construire un fort ?

Si tu optes pour le fort, saute à la page 27.

Tu as vraiment envie de savoir si ton robot peut voler ? Eh bien, saute à la page 29.

16   Tant pis pour la boue ! Tu emmènes ton robot tout sale en promenade. Une foule se rassemble bientôt autour de lui.

Un camion de bric-à-brac s'adonne à passer.

— Tu parles d'une belle pièce de ferraille ! s'exclame le chauffeur.

Et, saisissant ton robot, il le jette dans le camion.

— Eh ! VOUS N'AVEZ PAS LE DROIT ! protestes-tu !

Mais le véhicule s'apprête à démarrer. Heureusement, cependant, quelqu'un a téléphoné à la station de télévision pour rapporter la présence d'un robot dans le quartier. Et voilà le car de reportage qui s'amène.

Devrais-tu demander aux reporters de prendre le camion de bric-à-brac en filature ? Mais sans doute vaudrait-il mieux voler toi-même au secours de ton robot en sautant tout de suite dans le camion.

Si tu sautes dans le camion de bric-à-brac, passe à la page 30.

Si tu demandes aux reporters de pourchasser le camion, saute à la page 54.

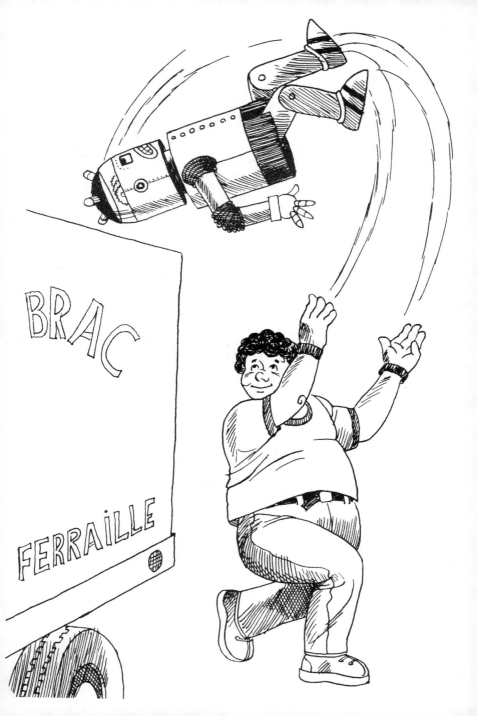

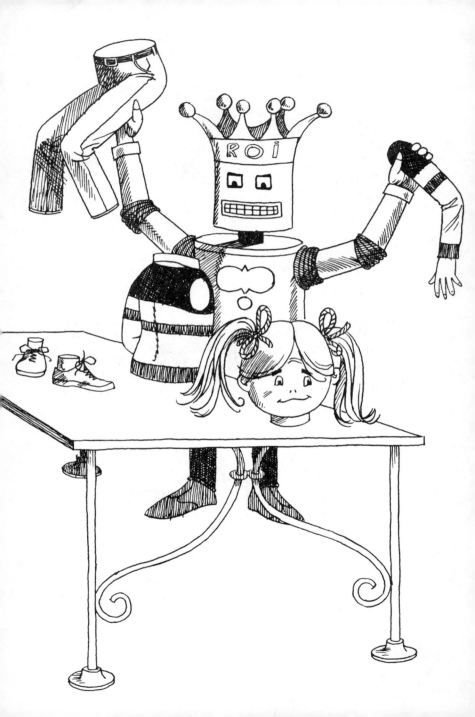

Tu bondis sur ton robot et vous voilà tous **19** les deux propulsés dans le cosmos. Vous filez au-delà de Mars, au-delà de Jupiter, au-delà de la Voie lactée.

Vous vous arrêtez bientôt sur Argent, la planète des robots. Tout n'est que clignotements et « BIP-BIP » sur cette planète habitée par des milliers de robots.

— BIENVENUE ! te dit le roi. NOUS SOMMES HEUREUX DE T'ACCUEILLIR CHEZ NOUS. ET NOUS TE GARDONS ICI POUR TOUJOURS PARCE QUE NOUS NE VOULONS PAS QUE LA TERRE APPRENNE NOTRE EXISTENCE.

— Pourquoi pas ? demandes-tu.

— PARCE QUE LES HOMMES VONT VOULOIR NOUS METTRE TOUS À LEUR SERVICE, répond le roi.

— Je garderai votre secret, promets-tu.

— PAS QUESTION ! rétorque le roi des Robots. TU RESTES AVEC NOUS.

À ces mots, il te défait en morceaux et te reconstruit en forme de robot.

— BLIPPE ! OUPSE ! nasilles-tu.

Et personne n'entend plus jamais parler de toi.

Fin

20 Tu appelles les pompiers au secours de ton robot volant. Ceux-ci lui lancent un puissant jet d'eau et le voilà qui redescend.

— T'es-tu fait mal ? t'inquiètes-tu en courant vers lui.

— PIPPE ! NOPPE ! répond-il. MAIS JE POURRAI PLUS JAMAIS VOLER !

— C'est dommage, dis-tu, mais il y a plein de choses que tu peux encore faire.

— NOPPE, NOPPE ! soupire ton robot. IMPOSSIBLE. SI JE PEUX PAS VOLER, JE VEUX PLUS RIEN FAIRE D'AUTRE.

— Mais c'est terrible, marmonnes-tu.

— JE SUIS COMME ÇA, BOPPE !

S'assoyant, il fait entendre un petit bruit sec et ne bouge plus. Tu as beau essayer de toutes les manières imaginables, pas moyen de le remettre en marche !

— Pas surprenant que mes parents t'aient jeté à la poubelle, bougonnes-tu.

Sortant encore une fois ton marteau et ton tournevis, tu le défais en morceaux.

— Avec toutes ces pièces, je vais me fabriquer une belle auto de course, décides-tu.

Et tu donnes alors à ton auto le même nom que tu avais donné à ton robot.

Fin

22 — AU SECOURS ! cries-tu.

— ZIIP ! GLOUPPE ! hoquette ton robot en s'enfonçant de plus en plus dans la crème glacée.

Le patron de la crèmerie accourt. Il va te chercher un radeau, tu sautes dessus et tu t'empresses de tirer ton robot hors de la cuve.

— GLOUPPE, YIIPPE ! MERCIIPPE ! bafouille-t-il.

— Ça sera 800 $ pour le gaspillage de ma crème glacée, réclame le patron.

— Mais je n'ai pas cette somme ! protestes-tu.

— Dans ce cas-là, en prison, se fâche-t-il.

— WOOP ! te dit ton robot à l'oreille. **23**
APPUIE SUR MON BOUTON *ZIP*, ET JE
VAIS NOUS SORTIR DE CE PÉTRIN !

Mais peut-être vous mettra-t-il encore plus
les pieds dans les plats.

Si tu appuies sur le bouton ZIP,
saute à la page 36.

Si tu choisis d'aller en prison,
saute à la page 34.

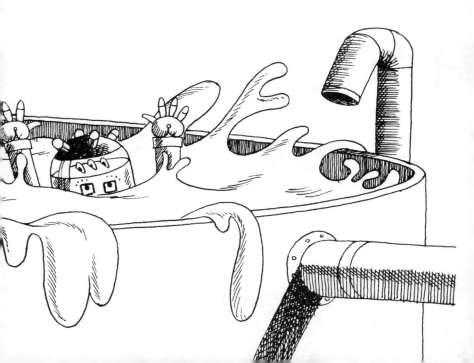

24   Tu plonges dans la crème glacée au secours de ton robot.

— BRR ! C'est pas chaud ! grelottes-tu. Mais quel goût merveilleux !

Tu pousses ton robot hors de la cuve.

— Vite, déguerpissons avant qu'on nous voie, murmures-tu.

— OUIPPE ! OUIPPE ! approuve-t-il.

Vous vous précipitez donc tous les deux vers la sortie et vous courez jusque chez vous. Tes amis rigolent en vous voyant. Ils prennent même des cuillers pour essayer de manger un peu de crème glacée.

— Allons prendre une douche tiède, **25** proposes-tu à ton robot.

— NON MERCIPPE ! répond-il. TU VEUX QUE JE ROUILLE ?

Mais il te frotte le dos et t'aide à t'essuyer.

— La prochaine fois, arrange-toi donc pour sauter dans du *chocolat tiède* lui suggères-tu.

Vous éclatez de rire tous les deux.

— Tu es mon meilleur ami, confies-tu à ton robot en l'embrassant très fort. Et maintenant, je vais te montrer l'endroit que j'aime le plus au monde.

Saute à la page 38.

Tu décides d'ériger un fort dans un arbre avec ton robot.

— Construisons-le dans l'érable, c'est là qu'il paraîtra le mieux.

— OUIPPE ! acquiesce ton robot.

— Apporte-moi ces vieilles planches de bois, veux-tu ?

À l'aide de la scie et du marteau, vous construisez un fort superbe dans l'érable.

— Je vois à des kilomètres à la ronde ! t'exclames-tu.

Mais des éclairs zèbrent soudain le ciel au bruit du tonnerre qui ébranle la terre.

— Sauve-qui-peut !

Mais avant que tu aies le temps de descendre de l'arbre, voilà que la foudre vient s'abattre sur toi. Plus vif que l'éclair, ton robot se précipite devant toi et c'est *lui* qui reçoit la décharge. Il t'a sauvé la vie !

— DJIIPPE ! fait-il en s'effondrant sur le sol dans un déclic lamentable.

Est-il brisé pour toujours ? Devrais-tu essayer de le réparer, ou attendre de voir s'il se réveille ?

Si tu essaies de le réparer, saute à la page 44.

Si tu attends de voir s'il se réveille, saute à la page 46.

Pour vérifier si ton robot peut voler, tu **29** appuies deux fois sur le bouton COURSE, en espérant qu'il décollera comme un avion à réaction. Mais au lieu de prendre son envol, il bondit tout droit sur les câbles téléphoniques et le voilà tout empêtré. Tu t'empresses de le rassurer :

— T'inquiète pas, je vais te tirer de là !

À l'aide d'un lasso que tu fabriques avec une corde, tu réussis à ramener ton robot à terre.

— WOUPPI MOUPPE ! CE N'ÉTAIT PAS TRÈS RÉUSSI.

— Tu peux le dire. Je n'appuierai plus jamais sur ton bouton COURSE. Allons, viens, c'est l'heure d'aller à l'école.

— JE NE SUIS PAS PROGRAMMÉ POUR ALLER À L'ÉCOLE. POURQUOI N'ESSAIES-TU PAS PLUTÔT MON BOUTON *LASER* ?

Tiens ça pourrait être amusant, ça ! Mais dangereux aussi ! Il vaudrait sans doute mieux emmener ton robot à l'école, tout simplement.

---

*Si tu emmènes ton robot à l'école,
saute à la page 50.*

*Si tu appuies sur le bouton LASER,
saute à la page 52.*

— Je dois sauver mon robot, cries-tu en sautant dans le camion de bric-à-brac.

Au comble de la colère, le chauffeur te menace :

— Maintenant, vous aurez affaire à moi tous les deux !

Une fois rendu au dépotoir de ferraille,
l'homme se dirige vers une énorme pelle mécanique.

— Toi et ton robot de malheur, je vais vous réduire en miettes, vocifère-t-il.

— Tire-nous de là, ordonnes-tu à ton robot tout en appuyant sur son bouton SOLUTION DE PROBLÈMES.

— BLIPPE ! MOUPPE !

S'élançant au pas de course, ton robot dépasse le chauffeur et arrive à la pelle mécanique avant lui. Maniant les commandes, il réussit à attraper le bonhomme dans sa pelle et à le laisser tomber sur un tas de rebuts.

— Voilà ce qui arrive à ceux qui me volent mon robot ! lances-tu au chauffeur en quittant le dépotoir.

En arrivant chez toi, tu t'informes du menu du souper.

— Des restes, répond ton père.

— En ce cas je n'ai pas faim, dis-tu.

Et tu te contentes de manger des croustilles.

Fin

32   Ce soir-là, vous regardez les nouvelles té-
lévisées en famille.

— Regarde. Te voilà sur l'écran ! dit ta
mère. Tu as l'air sensationnelle.

— Nous sommes très fiers de toi, ajoute
ton père.

Drriinng ! sonne le téléphone sur les entre-
faites.

— Nous aimerions écrire un article sur toi
et ton robot pour notre journal, t'annonce un
reporter.

— Avec plaisir, réponds-tu.

Et tu t'empresses de donner à ton robot
une autre couche de peinture pour que vous
ayez l'air sensationnels *tous les deux.*

Fin

34   Le patron de la crèmerie vous jette tous les deux en prison.

— BLOUPPE ! JE N'AIME PAS CET ENDROIT ! proteste ton robot.

— Moi non plus, marmonnes-tu.

Le geôlier t'apporte du pain et de l'eau. Ton robot doit se contenter d'un peu d'huile.

— Je n'aurais jamais dû te réparer, gémis-tu.

— OUIPPE ! TU AURAIS DÛ ME LAISSER DANS MA POUBELLE, grogne ton robot. AU MOINS LA NOURRITURE ÉTAIT MANGEABLE !

Tu t'ennuies énormément de ta famille et de tes amis. Tu passes tes grandes journées à regarder des émissions sur les robots à la télé.

— Un bon conseil, recommande un expert, ne réparez jamais un robot brisé.

— C'est *maintenant* que vous me le dites ! soupires-tu.

Un jour tu reconnais ton père et ta mère au bulletin de nouvelles.

— Ce sont mes parents, annonces-tu au geôlier.

— Tu m'en diras tant ! ricane-t-il sans en croire un mot.

Fin

À peine as-tu posé le doigt sur le bouton ZIP que ton robot commence à lancer du papier.

— APPUIE SUR LE BOUTON *IMPRESSION*, dit-il.

Tu t'exécutes et ton robot se met à imprimer de l'argent ! Il imprime très exactement 800 $.

— Merci, dit le patron de la crèmerie. Et maintenant, allez-vous-en.

Au comble de joie, tu te précipites dehors.

— Quel merveilleux robot tu es ! Je vais devenir riche avec tout l'argent que tu vas m'imprimer.

— ZOUPPE ! JE NE PEUX PAS, répond ton robot. JE N'IMPRIME DE L'ARGENT QU'UNE SEULE FOIS PAR SIÈCLE. **37**

— Pourquoi ne l'as-tu pas dit avant ? bougonnes-tu.

Tu es si fâchée contre ton robot que tu ne lui adresses plus la parole de toute la journée. En fin de compte, tu en prends ton parti :

— Je ne serai peut-être jamais riche, mais au moins j'ai évité la prison !

Fin

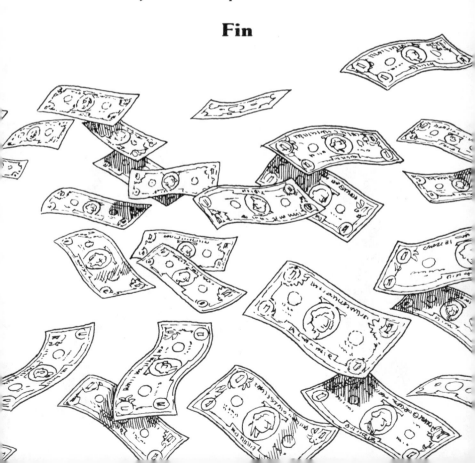

' Tu emmènes ton robot au bord de la mer.

— Vois tous ces bateaux. Oh ! regarde comme celui-ci a l'air étrange. Embarquons en cachette pour voir ce qui se passe.

— OUPPE, DIIPPE ! nasille ton robot en sautant à bord. JE SUIS PROGRAMMÉ POUR RÉSOUDRE DES MYSTÈRES.

Soudain le bateau met les voiles et glisse sur les flots. Une fois au large, l'équipage enfile des vêtements noirs et hisse sur le mât un drapeau à l'emblème de la tête de mort.

— Des PIRATES ! hurles-tu.

— Des passagers clandestins ! tonne le capitaine à ses hommes. Faites-leur subir le supplice de la planche.

Les pirates vous saisissent, toi et ton robot. Tu sais que ton robot ne sait pas nager. Toi, tu nages, mais il y a des requins tout autour. Que vas-tu faire ?

Si tu subis le supplice de la planche,
tourne la page.

Si tu essaies de te battre contre les pirates,
saute à la page 42.

40 — BON DÉBARRAS ! crient les pirates en vous jetant par-dessus bord.

PLOC ! BIIPPE. Vous voilà tous les deux à la mer tandis que le bateau s'éloigne rapidement.

— C'en est fait de nous ! soupires-tu.

— DIIPPI ! FRIIPPE ! te rassure ton robot.

PAR CHANCE, JE SAIS COMMENT AP-
PELER LES BALEINES !

En effet, à peine a-t-il crié : «WOUMME !»
qu'une énorme baleine jaillit à la surface.

— ZOUPPE ! dit ton robot. PEUX-TU
NOUS RECONDUIRE SUR LA TERRE
FERME ?

— WOUIMME ! répond la baleine.

Et en deux temps trois mouvements, elle
vous ramène à la côte.

— Il est temps que tu apprennes à nager,
annonces-tu alors à ton robot.

Et tu passes le reste de la journée à lui
enseigner la natation.

Fin

42   Tu as choisi de te battre contre les pirates.
Mais comment vas-tu t'y prendre ?

— Je vais essayer ton bouton VRILLE,
dis-tu à ton robot.

Victoire, ça marche ! Il se met à tournoyer
si vite qu'il produit un véritable cyclone qui
souffle tous les pirates par-dessus bord !

— Bon accostage ! leur cries-tu.

Puis tu communiques par radio avec la Garde côtière qui s'empresse de venir les cueillir.

— Tu gagnes cinq mille dollars pour la capture de ces contrebandiers, t'annonce le capitaine. On les recherchait pour trafic d'or.

— FANTASTIQUE ! t'exclames-tu en te tournant vers ton robot. En tout cas, je suis bien contente de t'avoir repêché de la poubelle.

— OUIPPE ! MOISSIPPE ! répond ton robot. MAIS J'AIMERAIS TELLEMENT AVOIR DES AMIS ROBOTS.

Avec l'argent de la récompense, tu lui fabriques donc quelques copains robots qui lui tiennent compagnie pendant les jours d'école.

Fin

44   — Pauvre robot, grommelles-tu, il *faut* que je te remette sur pied.

Tu le ramasses et tu essaies de le faire tenir sur ses drôles de jambes en métal. Mais il vacille et — patatras ! — le voilà qui retombe sur le sol. C'est alors qu'il te vient une idée.

Tu files au labo fouiller dans la trousse de réparation d'urgence de tes parents. Emportant une pièce de rechange, tu reviens au galop vers ton robot. Avec précaution, tu lui dévisses la tête et tu lui fixes la pièce au milieu de sa poitrine. Puis tu replaces sa tête.

Ton robot se remet à clignoter tandis que ses bras et ses jambes reprennent leurs mouvements saccadés. Le voilà qui se lève !

— MOINS UNE ! soupire-t-il. J'AI BIEN FAILLI Y RESTER !

— Quel bonheur que tu sois guéri ! te réjouis-tu en l'embrassant de toutes tes forces.

La pluie a cessé et le soleil reparaît. Toi et ton robot remontez à votre fort où vous vous amusez ferme tout le reste de la journée.

Fin

46   Tiens, on dirait que ton robot s'éveille.

— WOUPPE ! annonce-t-il. CE COUP DE FOUDRE M'A DONNÉ UN REGAIN D'ÉNERGIE. JE ME SENS PRÊT À M'ENVOLER VERS UNE AUTRE PLANÈTE.

Et il décolle ! Tu n'as que le temps de t'agripper à ses jambes et te voilà en orbite avec lui.

— Allons sur Vénus, proposes-tu.

— COMPRIS ! répond ton robot.

Et vous filez tous les deux à travers un brouillard de lumière jaune.

Va à la page 49.

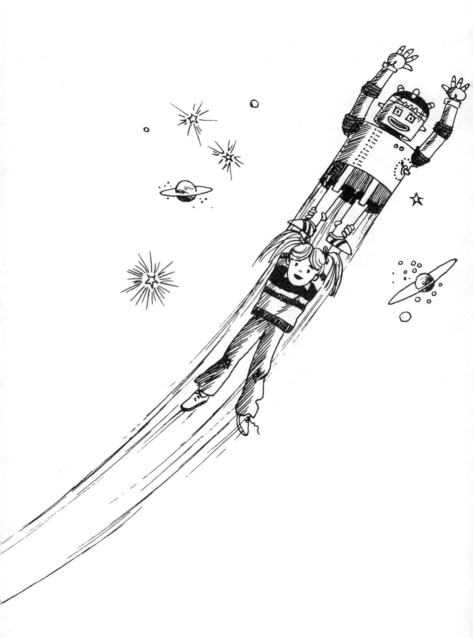

Molle, jaune et onctueuse comme du beurre mou, Vénus ressemble à un immense parc d'attractions ! Tu t'y amuses toute la journée, et tu rentres à la maison juste à temps pour souper.

— Mais qu'est-il arrivé à tes souliers pour qu'ils soient si gluants ? s'étonne ton père.

— Eh bien, euh ! je n'en sais rien, réponds-tu.

Un rire fuse de dessous la table :

— MOI JE SAIS ! se vante ton robot.

Vite, tu l'éteins pour le faire taire. Ainsi personne ne devinera jamais que tu es réellement allée sur la planète Vénus.

Fin

50 À l'école, tous tes camarades raffolent de ton robot, bien sûr.

— Est-il capable de vider le panier à papier et de distribuer la craie ? demande ton professeur, monsieur Roy.

— Pas de problème ! affirmes-tu, bien que tu n'en saches rien.

Tu appuies sur deux ou trois boutons. Dès que tu le laisses aller, ton robot soulève le panier à papier et il s'empresse de le vider... sur le pupitre du professeur.

— ARRÊTE ! lui ordonnes-tu, mais en vain.

Bon, voilà maintenant qu'il s'empare de la craie et qu'il la casse en morceaux pour mieux la lancer par la fenêtre ! Monsieur Roy s'avance vers lui :

— Si tu n'arrêtes pas, tonne-t-il, je te garde après la classe. Et tu devras écrire mille fois « JE SUIS UN VILAIN ROBOT » sur le tableau noir.

— JE NE SUIS PAS PROGRAMMÉ POUR ÇA ! proteste ton robot en détalant hors de l'école.

Et le lendemain, c'est toi qui restes après la classe pour écrire mille fois au tableau noir : « J'AI UN TRÈS VILAIN ROBOT ».

Flûte de flûte !

Fin

52   ZAP ! fait le bouton LASER de ton robot. Tu vois le rayon clignoter. Mais par une erreur d'aiguillage, c'est sur toi qu'il se dirige. Tu l'évites de justesse en bondissant dans les airs. Tu l'as échappé belle ! Mais les rosiers de monsieur Bougon sont complètement calcinés !

À la vue de son jardin dévasté, monsieur **53** Bougon entre dans une colère terrible et il s'empresse d'aller se plaindre à tes parents. Toute la semaine suivante, tu dois alors venir, jour après jour, planter de nouveaux rosiers.

— DÉSOLÉ ! se moque ton robot. JE NE SUIS PAS PROGRAMMÉ POUR PLANTER DES ROSIERS.

Et tu ris avec lui, parce que la situation est franchement très cocasse !

Fin

54   — ARRÊTEZ ! cries-tu au car de reportage de la télévision.

Tu racontes au cameraman ce qui vient de se passer.

— Sensationnel ! s'exclame-t-il en te faisant monter. Non seulement nous allons sauver ton robot, mais nous allons *aussi* le montrer à la télé !

Vous prenez donc le camion de bric-à-brac en filature.

Celui-ci freine tout à coup à un feu rouge, si brusquement que le car de reportage lui fonce dedans. Le choc fait bondir ton robot dans les airs.

Vite, tu t'élances dehors pour l'attraper et tu lèves les yeux... juste à temps pour — PLOP ! — le recevoir dans tes bras.

— Quelle belle prise de vue ! dit le cameraman. Ce reportage va paraître aux nouvelles de ce soir.

Comme par hasard, un policier passe par là. Il s'empresse d'arrêter le chauffeur du camion pour « enlèvement de robot ».

Reviens à la page 32.